Livre offert par Maman à A ... 1. 9. 20.
Alice est en Reception et a 4 ...

Mine de rien, la vie des petits est une aventure passionnante, riche en premières fois, en découvertes, en sentiments souvent intenses. La collection Mine de rien les accompagne, s'adresse aux enfants, à leurs parents et aux adultes référents qui les entourent. À travers les dessins de ®obin, si alertes et tendres, elle met en scène des situations de la vie quotidienne, au plus près des enfants.

Catherine Dolto, accompagnée de son éditrice complice, Colline Faure-Poirée, apporte son savoir unique dans le domaine de l'enfance, elle apparaît en fin d'ouvrage sous les traits de Dr Cat et s'adresse aux enfants, comme si elle était, en face-à-face, dans son cabinet de médecin. Elle pose des mots sur ce qui agite le monde des petits, sur ce qui les trouble et les inquiète. Elle aime dire: «quand on comprend mieux, on grandit mieux.»

MINE DE RIEN

Docteur Catherine Dolto
Colline Faure-Poirée

Des amis de toutes les couleurs

Illustrations de Robin

Gallimard Jeunesse Giboulées

Notre peau nous enveloppe, elle entoure tout notre corps, elle nous protège et nous met en contact avec le monde extérieur. On ne touche pas qu'avec nos mains et nos pieds... On touche de tout notre corps et tout nous touche: les autres, les caresses, les coups, les animaux, l'eau, l'air, le vent. On touche et on est touché.

La peau de chacun d'entre nous a sa couleur particulière, elle fait partie de notre personnalité. Quand nous arrivons au monde, nous avons une couleur de peau bien à nous. Cela nous vient des cellules de vie de nos parents qui se sont rencontrées au moment de notre conception: ils nous ont transmis leurs gènes.

Il y a des gènes pour la couleur de peau, des yeux, pour la taille, pour la forme du nez: pour tout ce qui est nous. Notre peau est un mélange: Ousmane a une peau brune, parce que sa maman au teint clair vient de Norvège et que son papa, qui a la peau toute noire, vient du Sénégal. On dit qu'il est métis, ça veut dire mélangé. Il parle deux langues et il est en train d'apprendre la nôtre.

On a posé des questions à la maîtresse. Elle nous a montré tous les pays sur le globe terrestre. Ils sont parfois très éloignés et les gens qui les habitent ont une couleur de peau différente. Cela vient des conditions de vie particulières: par exemple, dans les pays où il fait très chaud et où le soleil brûle beaucoup, la peau se protège en produisant un pigment, la mélanine, qui rend la peau plus foncée. Dans notre classe, il y a des enfants de toutes les origines et de toutes les couleurs de peau. Mais si nos peaux sont différentes, à l'intérieur nous sommes tous pareils. Nous avons tous besoin d'aimer et d'être aimés.

Les gens voyagent, se rencontrent et ainsi des parents d'origines différentes s'aiment et décident d'avoir des enfants. Ces enfants ressemblent à chacun de leurs parents, cela donne de jolis assemblages. Chaque humain a pris un peu chez tous ceux qui l'ont précédé sur terre.

Dans ma classe il y a un nouveau, Orion, il a une peau noire et des cheveux très frisés. Farida, ma meilleure amie, a la peau toute cuivrée. Ingrid est rousse et a la peau claire avec des taches de son. Ricardo a la peau couleur de pain d'épice. Moi, je suis rose comme une rose. Tchang, lui, a la peau dorée comme du miel. La maîtresse nous dit que, tous ensemble, on représente le monde entier, elle aime ça et nous aussi.

Toutes les couleurs de peau sont belles: le brun, le blanc, le beige, le noir, le jaune. Chacun peut être fier de sa couleur. Elle raconte tellement de choses sur notre histoire personnelle et sur celle de notre famille.
C'est important de dessiner son arbre généalogique et d'y placer tous ceux de la famille qu'on connaît.
On peut dessiner un petit cœur pour ceux qu'on ne connaîtra jamais, mais ça ne nous empêche pas de penser à eux. On fait partie d'une seule grande famille qui remonte jusqu'aux hommes préhistoriques.

C'est bête et injuste quand on se moque de la couleur de nos petits camarades. Il y a un mot pour cela : le racisme. La valeur de chaque humain est semblable à celle des autres, même si chacun d'entre nous est unique et différent.

Le racisme est une idée qui fait beaucoup de mal, elle sépare les gens. Les racistes pensent qu'il y a des gens supérieurs aux autres selon leur couleur de peau. C'est complètement faux. Quand ça arrive, c'est urgent d'en parler aux adultes.

C'est une grande chance d'avoir des amis qui viennent de tous les coins du monde, c'est comme si on voyageait et on apprend à connaître leur manière de vivre, les goûts, les musiques, la cuisine des autres pays et leurs habitants. On s'aperçoit qu'ils sont tous différents et intéressants. Chez Farida, ma meilleure amie, j'ai appris à aimer le couscous, j'adore ça ! Chez moi, elle aime beaucoup quand ma maman fait des nuages de chantilly.

Le papa d'Ousmane, qui vient du Sénégal et joue de la kora, nous raconte des histoires de son enfance, des histoires de lions et nous montre les photos des arbres qu'il aime tant, les baobabs ! Sa maman nous parle des neiges éternelles de Norvège et des phoques.

Le papa de Ricardo vient du Chili, il a des ancêtres indiens, il joue de la flûte andine et nous on apprend à l'accompagner au tambour.

J'adore quand la maman de Tchang nous prépare du riz cantonais et nous parle de la ville de Canton, où elle est née. Il n'y a jamais de pain et on boit du thé pendant le repas.

Pour se comprendre, il faut prendre le temps de se connaître. Chaque pays a sa langue, sa manière de parler et de voir le monde, de chanter, de manger, de rêver. Il y a des manières très polies chez nous qui sont très impolies dans d'autres pays. C'est amusant de dire le même mot dans plusieurs langues. Les mots disent notre pensée, plus on a de mots différents dans la tête et dans la bouche, mieux on pense.

Les mots du
Dr Cat

La maîtresse de CP et le directeur de l'école ont demandé au Dr Cat de venir parler à la classe parce qu'ils trouvent que les relations entre les élèves, dont les parents viennent d'autres pays, ne sont pas bonnes.

« Bonjour, votre maîtresse et votre directeur m'ont demandé de venir vous rencontrer parce qu'ils sont soucieux de la manière dont ça se passe entre vous. Ils trouvent qu'il y a du racisme, que vous vous parlez mal et que certains sont rejetés parce qu'ils viennent d'un autre pays. J'ai apporté un sablier pour que nous ressentions tous ensemble, en silence, le temps qui s'écoule, pendant que le sable change de côté. Est-ce que vous savez que, nous les humains, nous avons tous les mêmes ancêtres, un petit groupe de gens venus d'Afrique, il y a des milliers d'années ? Je vous propose de prendre un globe terrestre et que chacun montre d'où il vient, qu'il explique depuis quand et pourquoi il vit ici. La règle du jeu c'est que tout le monde laisse parler jusqu'au bout son camarade et après on dira ce que ça nous a fait de l'écouter. »

Gallimard Jeunesse Giboulées
Sous la direction de Colline Faure-Poirée et Hélène Quinquin
Édition Sofia Cloès • Conception graphique Christophe Hermellin
Loi n° 49-956 du 16 juillet 1949 sur les publications destinées à la jeunesse

ISBN: 978-2-07-513695-2
Numéro d'édition: 359156
Dépôt légal: février 2020
Imprimé en France par Pollina - 91779

PEFC 10-31-2065